DE
BAUMGARTEN,

OU

Deux Journées dans les Alpes

EN 1307,

SCÈNES TIRÉES DE QUELQUES CHRONIQUES SUISSES.

Par F. C*.**

« Ce chien est à moi, disaient ces pauvres enfans ;
» c'est là ma place au soleil. »

PASCAL.

Paris.

CHAUMEROT, LIBRAIRE,

PALAIS-ROYAL, GALERIE D'ORLÉANS.

1833.

ELGIVE

DE

BAUMGARTEN.

IMPRIMERIE DE PIHAN DELAFOREST,
RUE DES BONS-ENFANS, N°. 34.

Litho: Delaunois, rue du Bouloy, 19

DE

BAUMGARTEN,

OU

Deux Journées daus les Alpes

EN 1307,

SCÈNES TIRÉES DE QUELQUES CHRONIQUES SUISSES.

Par F. C*.**

« Ce chien est à moi, disaient ces pauvres enfans ;
» c'est là ma place au soleil. »
PASCAL.

Paris.

CHAUMEROT, LIBRAIRE,

PALAIS-ROYAL, GALERIE D'ORLÉANS

1833.

AVANT-PROPOS.

Une des principales causes de l'irritation et du soulèvement des Suisses contre la domination usurpée sur eux par l'empereur Albert (lequel d'ailleurs les traitait en peuples conquis), fut la licence des Autrichiens à l'égard des femmes.

Simples, mais fiers; jaloux de l'honneur des familles, autant que de l'indépendance nationale; accoutumés de génération en génération à la paix du foyer et au bonheur domestique, auxquels ils tenaient par tous les liens qui naissent de mœurs pures et d'une vie agreste, laborieuse et régulière, plusieurs Suisses des divers cantons, et notamment Conrad de Baumgarten, du canton d'Underwald, eurent à se venger des outrages faits par les baillis autrichiens à leurs femmes ou à leurs filles, qu'avaient déshonorées ces dominateurs étrangers, ou qu'ils enlevaient et conduisaient dans les châteaux construits ou fortifiés par eux. La conjuration se forma, et, lorsque la révolution qui en était le but vint à éclater, ce fut une jeune fille suisse, amante de l'un des conjurés, qui, en introduisant la nuit ce jeune homme, par une fenêtre, avec vingt de ses compagnons armés, leur facilita le moyen de s'emparer de l'un de ces châteaux, dont les insurgés devaient d'abord se rendre maîtres. La prise de celui-ci, jointe au courage et à l'adresse du reste des conjurés, entraîna bientôt la reddition des autres forts, et la mort du gouverneur étranger, tué par Guillaume Tell, acheva le triomphe de l'insurrection.

Cette partie épisodique d'une révolution des hommes, au milieu de ces Alpes qui rappellent à chaque pas les révolutions de la nature, forme le sujet de mon poëme. J'ai, dans la conjuration du Rutli, replacé Guillaume Tell au rang secondaire qu'il y occupa réellement selon l'histoire. Gendre de Walter Furst, l'un des trois chefs, il prit part à la conspiration, mais n'en fut point un des principaux moteurs. Son action en hâta et en compléta le succès, mais elle en était indépendante. Elle fut de la part de Tell la suite isolée d'une offense personnelle, et n'entrait point dans le plan de la conjuration.

La révolution de 1307, trop souvent présentée sous un jour faux, fut accomplie par des paysans qui, satisfaits s'ils eussent continué à vivre sous la protection de l'Empire, ne consentirent point à souffrir sous la domination usurpée d'un seigneur étranger. Elle fut occasionnée par les vexations arbitraires de quelques agens subalternes, qui poussèrent à l'insurrection ce peuple, encore à demi sauvage sous plusieurs rapports, mais jusqu'alors paisible.

J'ai omis la fable de la pomme, qui au reste ne se liait point à mon sujet. Les historiens les plus exacts et les plus consciencieux n'en disent pas un mot. Le fait, s'il est vrai, paraît devoir être attribué à *Tocco*, héros norwégien, dont le nom et l'histoire, apportés en Suisse par une colonie danoise ou suédoise, ont été confondus, par la tradition, avec ceux de Tell.

Les mêmes historiens nous apprennent que, si les libérateurs de la ligue hélvetique ne durent point, comme les plus grands citoyens des républiques anciennes, expier leurs vertus, leurs services et leur gloire, par les fers, l'exil ou la mort: moins heureux que leurs ancêtres, les derniers descendans de la plupart des héros suisses vécurent obscurs et dispersés, et finirent leurs jours à l'hôpital.

I.

PREMIER JOUR.

« L'innocente félicité de l'âge d'or règne encore parmi ces peuples simples, et la nature, pour la leur conserver, éleva autour d'eux les Alpes, qui les séparent du monde. »

De Haller.

Prologue.

Monts géans où respire une liberté sage,
Cinq siècles ont passé depuis que du rivage
Où vont plonger vos pieds, vos fils confédérés
Ont vu fuir l'étranger sur vos flancs déchirés!
Ces temps évanouis, de leurs traces rapides
Ont à peine effleuré vos blanches pyramides;
Mais du règne des lois, à l'ombre d'un faisceau,
Ils ont de vos enfans protégé le berceau.
Si l'âme du poète, en de vives images,
Eut le don d'évoquer la poussière des âges,
Réveillez-vous! Ma voix, sur vos rocs dentelés,
Rappelle ces héros au Rutli rassemblés, (1
Dans l'ombre méditant sur leur sainte entreprise,
Et par trente bergers la liberté conquise,
Alors qu'un peuple simple, outragé dans ses mœurs,
De ces bords à jamais bannit les oppresseurs.
Au cri qui retentit de rivage en rivage,
Ce peuple à ses vengeurs s'unit avec courage;
J'entends leurs fiers accens, et descendus des cieux,
Je vois se rallier leurs mânes radieux.

Le Dimanche.

Quelle subite ardeur, éveillant leur querelle,
D'un feu lent et caché fit jaillir l'étincelle?
D'âge en âge à leurs fils, autour de l'âtre assis,
Les pères de famille en lèguent les récits;
Plus d'un ménétrier, dans ses chansons rustiques,
Sur la note a fixé ces vivantes chroniques:
Ma lyre les recueille. Un long reflet vermeil
Baignait encor les monts, colonnes du soleil; (2
Mais sur la mer de glace, où glissait sa lumière, (3
Déjà l'astre des jours achevait sa carrière:
Les pâtres à cette heure ont quitté leurs troupeaux,
Au son de la clochette errans sur les coteaux,
Et sur les bords de l'Ar déjà se réunissent.
Le ranz a résonné, les vallons retentissent (4
Et des trompes d'écorce et des échos lointains; (5
Et rasant l'Iungfrau, vierge de pas humains, (6
L'aigle en poussant un cri plongeait vers sa retraite.

C'est le jour du Seigneur, et des habits de fête
Parent les villageois, et d'innocens plaisirs
Des heures du repos prolongeaient les loisirs.
Des vieillards au front nu, que la neige couronne,
A leurs fils dont alors l'essaim les environne,
Là, vantent leurs aïeux, fiers enfans de la nuit,
Peuple qui, sur ces monts où l'exil l'a conduit,
Sous trois chefs valeureux, vint, des bornes du monde,
Jurer ce pacte saint que la liberté fonde

Depuis quatre âges d'homme. « Antique nation, (7
» Dans leur pays, bien loin vers le septentrion, (8
» (On le nommait Swithiod) par l'horrible famine, (9
» Ils voyaient jour à jour s'avancer leur ruine.
» Dans ce pressant besoin les Theghnars réunis (10
» (C'est le titre des chefs) recueillent les avis.
» Du peuple trop nombreux il faut qu'une partie
» S'exile, et qu'un sur dix, délaissant la patrie,
» De ces calamités allège au moins le poids.
» Tel fut l'arrêt conclu d'une commune voix.
» Ceux que le sang, l'amour, tant de liens unissent,
» Se séparent. Les airs de clameurs retentissent.
» Au nombre de six mille, et choisis par le sort,
» Sous Asio, Switer et Swen, géans du Nord, (11
» En trois bandes ils vont : leurs fils à la mamelle,
» Les mères, en pleurant, marchent sous leur tutelle ;
» Et tous se sont promis et concorde et secours,
» Et dans les jours heureux et dans les mauvais jours.
» Par la Frise, du Rhin ils gagnent le rivage.
» Or, un comte puissant s'oppose à leur passage :
» Ils passent en vainqueurs, et demandaient aux cieux
» Un pays qui, semblable au sol de leurs aïeux,
» Leur fît trouver la paix, leur rendît la patrie :
» Et Dieu les conduisit aux vallons d'Helvétie. »
Tels étaient les récits. Mais d'un tertre voisin
On tend l'arc, le trait part, brise au sommet d'un pin
Le fil qui retenait la colombe éperdue :
Libre, d'un vol joyeux son aile fend la nue ;
Et plus loin, se livrant à de plus doux ébats,
De la danse du Nord on imitait les pas,

Où, par couple élancés dans le cercle rapide,
L'amant guide et soutient sa compagne timide,
Les soupirs confondus, les bras entrelacés,
Et les seins palpitans l'un sur l'autre pressés.

Elgive.

Mais, troublant ces plaisirs, la menace à la bouche,
Des archers de l'Autriche, au front dur et farouche,
Près d'eux se sont glissés. Des soldats étrangers
L'aspect inattendu dispersant les bergers,
Chacun avec effroi regagne sa chaumière ;
Elgive, du vallon s'éloignant la dernière,
Elgive avec regret les suivait lentement : (12
Elle hésite, et peut-être attendait cet amant
Que loin d'elle bannit une injuste défense,
Et de le voir encor nourrissait l'espérance.
Pourquoi ne vient-il plus? Jadis de blonds rivaux,
Dont l'Ar au sable d'or abreuve les troupeaux,
Conrad aimait les jeux, présidait à leur danse ; (13
Son galoubet d'écorce en réglait la cadence.
Dès qu'Elgive accourait, toujours sur son chemin,
Aux rondes de l'été Conrad pressait sa main.
Mais à présent, jaunis par la lune d'automne,
Les festons du printemps, que chaque jour moissonne
La brise du matin, feuille à feuille envolés,
Ne couvrent plus d'Assli les bois échevelés ;
Et Conrad ne vient plus depuis le jour qu'Elgive
Dédaigna son amour ; et la vierge craintive,

Elle-même, à ses yeux, dérobant ses appas,
Aux fêtes du canton ne portait plus ses pas.
Ce fut un soir, au bord du torrent de la plaine;
Des pâtres modulant, pour distraire sa peine,
Les refrains tour-à-tour lents et tumultueux,
Conrad à demi-voix chantait l'amour heureux:

La Chanson des Pâtres. (14

« La lune sur les monts s'avance
» Des cieux,
» Et jusqu'au fond des eaux balance
» Ses feux;
» La feuille à peine
» Tremble à l'haleine
» Du vent.
» L'ombre ramène
» Au pâtre celle qu'il attend.

» Une brise soulève
» La fraîche odeur des bois;
» Une voix sur l'onde s'élève
» Et répond à ma voix;
» Les vagues s'apaisent
» Et les vents se taisent,
» Et le chamois léger bondit:
» Tout semble sourire à la nuit.

» La nuit sème sa robe noire
» D'argent.
» La blanche fée au sein d'ivoire
» Nageant,
» Lève sur l'onde
» Sa tête blonde,
» Et fuit;
» Dans l'eau profonde
» Elle plonge quand le jour luit.

» Dans les herbes nouvelles,
» Sur les pas des taureaux,
» Vaches, remplissez vos mamelles,
» Grimpez sur les coteaux;
» Vous, mes chiens fidèles,
» Veillez bien sur elles.
» Mais déjà le chamois bondit
» Et semble précéder la nuit.

» Dès que l'ombre sur la campagne
» S'étend,
» Quand le troupeau de la montagne
» Descend,
» Du pâturage,
» Sur le rivage
» J'accours;
» C'est au village
» Que j'ai vu Gretli, mes amours.

» Veut-il qu'en abondance
» Chez lui coule le lait?
» Le bouvier, quand le jour commence,
» Fuit le toit du châlet.
» Le matin l'herbage,
» A midi l'ombrage,
» Et le soir la fraîcheur des eaux :
» Voilà ce qui plaît aux troupeaux.

» J'épie, ô ma blonde voisine,
» Tes pas.
» De Saint-Béat, sur la colline, (15
» Là-bas,
» Le solitaire
» Dit la prière
» Du soir.
» Au banc de pierre
» Tout près de moi, reviens t'asseoir.

» Descendez, mes génisses;
» Suivez les fiers taureaux,
» Du printemps broutant les prémices
» De coteaux en coteaux.
» Mon chien vous rassemble,
» Et toutes ensemble
» Traites trois fois, que votre lait
» Coule en abondance au châlet.

» O Gretli ! si d'une caresse
» De toi,
» Heureux, doucement je te presse
» Sur moi,
» Ton cœur soupire,
» Ma voix expire
» D'amour,
» Et tout respire
» Un muet bonheur à l'entour.

» Une brise soulève
» La fraiche odeur des bois;
» Une voix sur l'onde s'élève
» Et répond à ma voix;
» Les vagues s'apaisent
» Et les vents se taisent,
» Et le chamois léger bondit :
» Tout semble sourire à la nuit. »

L'Orphelin.

Il dit. D'un pied léger effleurant l'herbe humide,
Elgive avait passé d'une course rapide,
Et des filles d'Assli relevant les atours,
L'ample manche de lin, la jupe de velours,
Et l'agrafe d'argent qui presse leur corsage,
Parmi ses blonds cheveux un bouquet de rosage

Mélangeait son odeur à la brise du soir.
De loin il l'aperçoit, et de trouble et d'espoir,
A son aspect il sent redoubler son délire,
Et respire l'amour dans l'air qu'elle respire.
Mais déjà de la rive elle a franchi le bord;
Son bouquet détaché tombe en ce vif essor:
Emporté par les flots, il laisse sans parure
Sur le cou de la belle errer sa chevelure;
Et, prompt à le saisir, elle a vu le chanteur
Sur ses pas s'élancer plein de joie et d'ardeur.
« Pour un baiser, dit-il, viens reprendre ce gage! »
Mais elle a fui. Tous deux ont atteint le village
Où déjà l'on dansait en mêlant dans les airs
Le murmure des ris aux rustiques concerts.
« Tu me fuis, dit Conrad, avec un œil humide,
» Tu fuis à mon abord comme un chamois timide
» A l'aspect du chasseur soudain vole et bondit,
» Et semble épouvanté de l'ombre qui le suit!
—» Blond chevrier, tes traits, tes yeux bleus sauront plaire,
» Dit-elle: une autre amante, à ton cœur aussi chère,
» Pour toi seul oubliant sa jalouse fierté,
» Aimera de ton front l'enfantine beauté.
—» C'est toi seule que j'aime! — Hélas! quand des montagnes
» La lawine en grondant menace nos campagnes,(16
» Et que du sombre hiver viennent les longues nuits,
» En tournant mon fuseau, livrée à mes ennuis,
» Près de notre foyer, quelle âpre inquiétude
» Porte à mes sens troublés la triste solitude!
— » C'est l'amour! Tendre fleur, ton sein épanoui
» D'un rameau tutélaire a réclamé l'appui.

» Voit-on le taureau seul errer aux pâturages?
» La génisse avec lui goûte les frais ombrages,
» L'eau pure des torrens, le trèfle des vergers;
» Le chevreau ne bondit point seul sur les rochers.
» Mais ton orgueil flatté peut-être me préfère
» Ce rival revêtu d'une pompe étrangère
» Qui, pour nous asservir, soumis à nos tyrans,
» Fier d'être leur complice a déserté nos rangs!
—» Quels que soient tes soupçons, Curti, je les excuse:
» Mais bannis cette crainte et l'erreur qui t'abuse;
» Le traître de mon âme eût trouvé le chemin,
» Mais jamais de mon père il n'obtiendra ma main.
» En secret, malgré moi, je l'aimais, je l'avoue:
» Ma pudeur combattait. Mais dès qu'il se dévoue
» Aux tyrans de la Suisse, infidèle à l'honneur,
» L'ingrat! sa trahison l'arrache de mon cœur! »
Elgive alors pâlit, et de furtives larmes,
Qu'en vain elle dérobe, ont embelli ses charmes.
« Je ne puis, reprend-elle, accueillir ton amour,
» Curti! Dans nos cantons tu n'as point vu le jour;
» Un pays ignoré t'a donné la naissance:
» Le mien d'un étranger repousse l'alliance.
» Tu dois, pour m'oublier, ne plus suivre mes pas;
» Mais mon cœur ne peut être à qui vendit son bras! »
Et c'est depuis ce jour qu'une amour dédaignée
De Conrad éclairant la triste destinée,
Seul, au bord des torrens, le jour vient l'égarer,
Seul, sous son toit désert, la nuit le fait pleurer.

L'Ermite.

Entre Thoune et Brienz, dont l'Ar mêle les ondes,
S'élèvent Saint-Béat et ses voûtes profondes,
Asile qu'un ermite a creusé de ses mains.
De ces grottes, un jour, Conrad suit les chemins;
Et là, pour le vieillard tire d'une corbeille
Du miel pris, dans les bois, à la sauvage abeille,
Des fromages, des fruits et du pain de froment,
Et sa cruche où déborde un laitage écumant;
Puis de son cou détache, en un lambeau de serge,
Caché sous son sayon, un sou d'or à la vierge. (17
« On me vanta, dit-il, ce trésor précieux
» Comme un saint talisman, comme un présent des cieux,
» Alors que des bergers jadis la bienfaisance
» Du lait d'une génisse eut nourri mon enfance,
» Que pour prix de leurs soins, de coteaux en coteaux,
» Dans la verte saison je chassais leurs troupeaux.
» Hélas! je vais mourir. Étranger, sans famille,
» Le fier Helvétien me refuse sa fille;
» Je quitte la vallée et ses rians hameaux.
» Mon père, c'en est fait, il n'est plus de repos,
» Plus de bonheur pour moi, puisqu'il n'est plus d'Elgive.
» Je vais traîner ma vie, errante et fugitive,
» Au désert des glaciers; et ceignant le carquois,
» Audacieux chasseur, poursuivre le chamois;
» Des pics du pays blanc mon pied brisant les cîmes,
» Sous mes pas la lawine ouvrira ses abîmes;

2

» De tant d'amour, enfin, le prix sera ma mort.
» Quand je ne serai plus, qu'Elgive ait ce sou d'or,
» Qu'elle accueille du moins cette offrande modeste,
» De parens inconnus seul trésor qui me reste ;
» De son âme, en secret, en invoquant les cieux,
» Pour moi qu'à cette image elle adresse les vœux ! »

L'ermite a reconnu l'image de la sainte :
Il embrasse Conrad ; en cette douce étreinte,
Il contemple ses traits, il touche ses cheveux,
Doute encor s'il n'est point abusé par ses yeux.
« Quoi ! sur mon sein flétri c'est mon fils que je presse !
» Tu gardais cette joie à ma triste vieillesse ;
» O Dieu ! dit-il enfin, haletant, éperdu,
» Toi, que j'ai tant pleuré, tu m'es enfin rendu !.....
— » Vous, mon père ? Combien ce mot est doux ! Mon père !
» J' aime à le répéter. — Image de sa mère,
» Je crois la voir en lui. Mais qu'il est grand et beau,
» Ah ! je supporte à peine un bonheur si nouveau !.....
» De Berne et des barons les discordes cruelles (18
» Entraînaient les vassaux armés pour leurs querelles ;
» Voilà vingt ans et plus : ils brûlaient les maisons,
» Enlevaient les troupeaux, dévastaient les moissons.
» Au sol des Sept-Vallons, dont ils forçaient l'enceinte !
» Du fléau des combats nul n'évitait l'atteinte ;
» Je voulus te soustraire au soldat inhumain ;
» Car j'allais succomber : une barbare main
» Déjà semait la flamme en mon humble héritage.
» Pressé de toute part dans le champ du carnage,
» Au rapide torrent, dont les flots égarés
» Fuyaient vers des vallons des guerriers ignorés,

» Sur mon écu d'osier confiant ton jeune âge,
» A ton cou j'attachai cette céleste image;
» Les flots n'ont point troublé ton paisible sommeil :
» Notre-Dame veillait sur ton heureux réveil.
» Viens, bannis la douleur. Cette Elgive si chère
» Comblera tous nos vœux : je fléchirai son père.
» Viens, conduis-moi vers lui. Les mêmes étendards
» Nous ont vus de la guerre affronter les hasards,
» J'invoquerai le sang versé pour la patrie,
» Cette image et le nom de ma chère Helvétie.
» Ah! puisqu'un si beau jour luit sur mes cheveux blancs,
» Oui, de mon fils encor je verrai les enfans!
» De mon fils je verrai les enfans. L'allégresse
» En eux me sourira : par leurs soins ma vieillesse
» Sur un chevet moins dur peut reposer encor,
» Et près de leur berceau douce sera ma mort. »

Conrad presse, et, cédant à son impatience,
Sur son fils appuyé l'heureux père s'avance,
Et d'Elgive avec lui veut demander la main.
Mais la lenteur de l'âge allongeait son chemin.
Des bruits sourds agitaient les hameaux : de la crainte
Le front des habitans semblait porter l'empreinte;
Les voyageurs marchaient; et plus ils avançaient,
Plus ces sinistres bruits avec l'ombre croissaient.
Déjà la nuit régnait, et du Pic-des-Orages (19
Bordant d'un pâle éclat le manteau de nuages,
Sur son front gigantesque et sombre et menaçant,
Comme un cimier la lune élevait son croissant,
Quand, guidé par son fils dans sa marche tardive,
Le blanc vieillard des lacs frappait au seuil d'Elgive,

Où, par la main d'un clerc, dans le bois est écrit
Le salut-montagnard : « LOUÉ SOIT JÉSUS-CHRIST ! »
Il admire un instant la modeste industrie
Qui déjà de Gessler sut exciter l'envie : (20
Le chêne et le mélèze, avec art réunis,
De ce rustique asile ont formé les appuis ;
A l'entour des gazons étendent leur verdure,
Où les bœufs dételés ruminent leur pâture,
Et des berceaux de pampre et des fruits et des fleurs
Répandent dans les airs leurs suaves odeurs ;
Non loin, à l'abreuvoir, où coule une fontaine,
Les moutons altérés viennent laver leur laine ;
Aux deux côtés du seuil, des bancs hospitaliers
Attirent le passant sous leurs toits d'espaliers.

La Révolte.

ILS lèvent le loquet..... quelle foule confuse !
Il est un crime, un nom que tout haut elle accuse ;
Ce nom se mêle au bruit qui trouble les hameaux.
Ainsi, quand de l'abeille assiégeant les travaux,
Sur l'arbre où ses rayons recèlent l'ambroisie,
L'ours avide en grimpant excite sa furie,
Dans l'air, en bourdonnant, l'essaim de toutes parts
Signale le larcin, agite mille dards :
Tels, d'Elgive ravie en déplorant l'absence,
Ses parens, ses amis, concertent leur vengeance,
Et contre les archers, qui de leurs oppresseurs
Flattent les voluptés ou servent les fureurs

(Satellites tyrans qu'une brutale ivresse
Énerve à leur exemple au sein de la mollesse),
Ils parlent de marcher ; et, s'armant au hasard,
Déjà de la révolte arboraient l'étendard.
L'ermite aux cheveux blancs commandant la prudence,
Au tumulte succède un farouche silence :
La foule a disparu, l'ordre se rétablit,
Des rangs se sont formés, et s'écoulant sans bruit,
Dix hommes, dont Conrad vient de grossir le nombre,
S'éloignent du village et se perdent dans l'ombre ;
Le calme enfin renaît : mais un calme trompeur,
D'un orage prochain menaçant précurseur.

II.

PREMIÈRE NUIT.

(9 NOVEMBRE 1307, AVANT-VEILLE DE LA SAINT-MARTIN.)

« Chacun d'eux se confia sans réserve à ses compagnons ; et plus l'entreprise leur sembla périlleuse, plus le lien qui les unissait s'affermit dans leurs cœurs. »

J. DE MULLER.

Le Rassemblement.

COMME un pesant vaisseau que le sombre ouragan
Souleva jusqu'aux cieux, incliné sur son flanc,
Croule de vague en vague et mugit dans l'abîme,
L'avalanche au Gothard croulant de cîme en cîme
Avec les noirs débris entraînés sous son poids,
Roule au loin, bien au loin, sa mugissante voix.
Dans ces amas confus des montagnes alpines,
Où jadis un grand choc entassant les ruines,
Vestiges du chaos, a porté dans les airs
Les reliques des temps, les dépouilles des mers,
La Reuss, en se gonflant, de sa prison de glace
S'échappe, et des vallons au nord creusant la place,
Accourt au sein du lac, par ses flots agrandi,
Battre en grondant encor les gazons du Rutli.

C'est là, c'est vers ce bord qu'une agile nacelle
A ces blanches clartés dont la nuit étincelle,
Glissant sous l'aviron par élans mesurés,
Du rivage opposé porte dix conjurés.
Werner est à la proue. Une mâle prudence (21
Atteste de ce chef la longue expérience.
Rustiques héritiers de l'antique équité,
Ses compagnons, qu'anime une juste fierté,
Déjà lancent le câble, et la barque légère
A touché du Myten le rocher solitaire (22
Dont la masse du lac dominant les ravins,
Des trois cantons unis signale les confins.
A leurs rouges sayons, tissus de laine fine,
Qui, sous la barbe ouverts, découvrent la poitrine,
On reconnaît de Swiz les hardis montagnards
Qu'arment le sabre long et la pique à trois dards.
Ils amarrent l'esquif, et leur troupe aguerrie,
Sans bruit, en se serrant, marche vers la prairie.

Des rives qui d'Altorf au loin baignent les tours,
Dans l'ombre, des vallons Walter suit les détours. (23
De la race taurisque, indomptable et fidèle, (24
Il amène d'Uri dix fils brûlans de zèle.
De la peau du chamois ils ont serré leurs reins
Et de l'ours sur leurs dos se hérissent les crins.
Des flèches, une hache entourent leur ceinture,
Des lanières en croix attachent leur chaussure,
La trousse au côté gauche et l'arbalète en main,
Tell au-dessus de tous levait son front serein.
Dix pâtres, du Melcthal délaissant les montagnes (25
Et des vallons d'Assli les riantes campagnes, (26

A la faveur des bois, aux regards échappés,
Descendent du Bruneck les sentiers escarpés.
Arnold aux longs cheveux, proscrit de sa chaumière,
Les guide. Les baillis naguère à son vieux père,
Seul, faible, sans défense, ont fait crever les yeux.
Ses voisins du Melcthal, braves, simples, pieux,
Unis pour le venger, brandissent l'arbalète,
Et ceux d'Assli portaient la fronde et la houlette.
De ces gens d'Underwald, dont s'approchent les rangs,
A l'éclat de la lune ondoient les manteaux blancs.

Le Dénombrement.

Aux bruits entrecoupés des lawines qui grondent,
Les conjurés entre eux s'appellent, se répondent,
S'abordent lentement, échangent leurs signaux,
Leur cercle se resserre, et l'on entend ces mots :
« Tous sont-ils arrivés ? » Après un court silence,
A la voix de Werner, le jeune Arnold s'avance :
« D'Underwald et d'Assli j'amène dix pasteurs. »
Walter répond : « D'Uri j'amène dix chasseurs. »
« De Swiz, reprend Werner, la troupe m'environne :
» Dix paysans. Amis, il ne manque personne.
» Les chasseurs de chamois, les hommes des châlets
» Et les colons du val ont quitté les forêts,
» La montagne, les bourgs, et pour la même cause.
» Sur vous de nos enfans tout l'avenir repose !

» Tous nous nous connaissons. Salut! voisins d'Uri,
» Itel, Rudi le roux et l'oiseleur Kari,
» Jost à l'œil de faucon, Petermann l'intrépide
» Et Kuni le chasseur à la course rapide,
» Hugue le loup, Rossel et Luthold du glacier,
» Tell (ton gendre, Walter,) à l'arc, au bras d'acier.
» Vous, amis d'Underwald, bergers d'Assli, nos frères,
» Meïer, Hans du Grand-Chêne, Nicolas des Bruyères,
» Struth, fils de Winkelried, et toi qu'arment l'amour,(27
» La vengeance, l'honneur; toi, dans le même jour,
» Heureux et malheureux, orphelin qui naguère
» As perdu ton amante et retrouvé ton père;
» Et Burgard le géant, Sewa le bûcheron,
» Seppi, le blond Gérald et Gonz le forgeron.
» Voici les gens de Swiz: Réding dont la mémoire
» Des vieux temps oubliés conte la longue histoire,
» Et mon neveu Rudenz, Christi le laboureur
» Et George et Jean des Murs, et Josti le pêcheur,
» Messer Athinghausen dont le sang d'âge en âge
» Des antiques vertus lui transmit l'héritage,
» Le gai maître Cari, Rosselmann des Ormeaux
» Et Guillaume et Jenni, ses jeunes fils jumeaux.
» La nuit, dans ce désert, en secret ralliées,
» Par des nœuds fraternels nos trois bandes liées,
» Comptent trente guerriers, trente, et trois chefs en plus,
» Élus d'un libre choix et parmi les élus.

RUDI LE ROUX.

» Qui nous présidera?

RÉDING, DE SWIZ.

— » Werner joint au courage
» La prudence.

RUDI.

— » Il est brave.

TOUS.

— » Il est brave, il est sage !

RÉDING.

— » Qu'il préside au conseil et guide nos desseins !

TOUS.

— » Le sabre du conseil est remis dans ses mains. »

Werner a du fourreau tiré sa bonne lame,
Qui de l'astre argenté renvoie au loin la flamme.
Il accepte un devoir aux vertus confié,
Et reprend en ces mots, sur son sabre appuyé :

Le Conseil.

« Vous savez nos griefs : changeant un simple hommage
» Librement consenti, dans un honteux servage,
» L'ambitieux Albert, non plus comme empereur,
» Allié des cantons, advoyer protecteur, (28
» Mais, plein du fol orgueil que partout il affiche,
» En maître, en suzerain et comme duc d'Autriche,
» Pour lui, pour sa maison exige notre foi.
» Il chasse les Ammanns de notre antique loi. (29—30

» Des baillis ses vassaux, des bandes étrangères, (31
» Des prisons, des impôts ignorés de nos pères : (32
» Voilà son règne! Enfin quand, par nos députés,
» Nous nous plaignons, nos cris ne sont point écoutés.
» Le gouverneur, vautour retranché dans son aire,
» Au-delà de ces flots dont la vapeur légère
» Avec l'ombre des nuits voile au loin ses donjons,
» Maintenant laisse en paix dormir les trois vallons;
» Mais demain, quand du lac ces vapeurs échappées
» Fuiront avec la nuit, par l'aube dissipées,
» Par la plume d'un clerc, du haut de ses créneaux,
» Gessler va requérir vos armes, vos troupeaux.
» Souffrirez-vous encor, jouets de leurs caprices,
» D'étrangers oppresseurs les lâches injustices?
» Faut-il à nos enfans, pour prix de nos labeurs,
» Léguer la servitude et la honte et les pleurs?
» Eh! que nous reste-t-il de l'antique héritage
» Qu'en mourant nos aïeux nous laissaient en partage:
» La liberté, la paix, le soc, l'arc et les traits,
» Le lait de nos troupeaux, les fruits de nos guérets,
» Et des lois et des mœurs, nœuds sacrés des familles,
» Une pauvreté fière et l'honneur de nos filles,
» Et l'espoir consolant de ces destins heureux,
» Transmis de race en race à nos derniers neveux?.....
» De la paix du foyer pour mieux troubler les charmes,
» Ces baillis soupçonneux nous enlèvent nos armes,
» Signes de la valeur, gages des libertés,
» Nos armes, notre appui! D'armes déshérités,
» Que sont les montagnards? des guérets sans javelles,
» Des aigles dont le fer aurait coupé les ailes.

» Puis ils vont arracher, sans crainte ravisseurs,
» La vierge à son amant, la gerbe aux moissonneurs!
» Servirez-vous toujours de proie à ces sangsues?
» Eh quoi! de nos aïeux les terribles massues
» Dormiraient sans réveil au fond de nos forêts!
» Ces roseaux à nos arcs n'offrent-ils plus de traits?...
» Quand régnaient ces aïeux les seigneurs des montagnes,
» Pour réponse l'écho, messager des campagnes,
» A l'ordre de Gessler, par le vent emporté,
» Eût envoyé ce cri : Patrie et liberté? »

Ainsi parle Werner; et la foule murmure :
« A bas les manteaux noirs et ce joug qu'on endure!
» Leurs pères avant eux ont-ils été connus
» De nos pères? Pourquoi? D'où nous sont-ils venus?
» Pourquoi ces hautes tours qu'en nos champs ils bâtissent?
» Leur roi peut-il donner nos biens qu'ils nous ravissent?
» Par la Vierge et les saints, par le Dieu dont la voix
» Fit du même limon les bergers et les rois,
» Meurent les manteaux noirs, fléaux de nos chaumières;
» Périssent avec eux des droits imaginaires
» Et par eux usurpés! sans travail enrichis,
» Qu'ils rendent dans leur sang tout ce qu'ils nous ont pris!
— » Veuille le Tout-Puissant à nos vœux légitimes
» Épargner, dit Werner, d'inutiles victimes!
» S'il faut des jours de sang pour recouvrer nos droits,
» En vainqueurs généreux rétablissons les lois!

HANS DU GRAND-CHÊNE, D'UNDERWALD.

— » Rétablissons les lois, mais hors de toute atteinte,
» Cherchons quelque lieu sûr où la honte et la crainte

» Des vieillards à leurs fils cessent d'être transmis,
» Où de lever la tête il soit enfin permis.
» Hâtons-nous, rassemblons nos pères, nos compagnes,
» Nos enfans, nos troupeaux. Les passes des montagnes
» Sont libres. A l'abri des lacs et des torrens,
» Et du haut des glaciers défions les tyrans.
» Nos ancêtres walons, sur le même rivage, (33
» Mirent cette barrière entre eux et l'esclavage,
» Et dans le haut pays, errans et demi-nus,
» Mais libres, craignant Dieu, vécurent inconnus.
» Là, ne redoutons point la faim ni la froidure;
» Pourvu que le bétail y trouve sa pâture,
» Et nous le bois et l'eau. Jamais nos assaillans
» N'ont gravi ces rochers aiguisés par les ans,
» Ni, perdus sur l'abîme, atteint ces ponts de chaînes (34
» Où le vertige abat le pâle enfant des plaines.

RUDI LE ROUX, D'URI.

— » De nos pères l'exemple offre une autre leçon :
» De notre liberté pour payer la rançon,
» De nos maisons de bois propageant l'incendie,
» Nous pouvons des châteaux chasser la tyrannie :
» Les rangs des étrangers, dans les gorges pressés,
» Présenteront leur masse à nos coups dispersés.
» Sous les débris ardens, les cendres, la fumée,
» Quand de payens jadis une innombrable armée
» Du sol de nos aïeux fuyait de toute part;
» C'est qu'alors l'incendie était notre étendard.

CHRISTI LE LABOUREUR, DE SWIZ.

— » Forts sont les manteaux noirs, et nombreux. Leur armée
» Lance de loin le soufre et la poix enflammée,
» Frappe même en fuyant. Forts sont ces cavaliers
» Qui du crin des chevaux ombragent leurs cimiers.
» Moins dur est des Gletschers le vêtement de glace *
» Que leur pourpoint de fer qu'ils appellent cuirasse.
» Ce fer brave la flèche et la fronde et l'acier,
» Et couvre tout entier et l'homme et le coursier.

RUDI.

— » De corbeaux croassans une troupe affamée,
» Dont on voit en hiver la campagne semée,
» Peut par son vol pesant autant m'épouvanter
» Que ces lourds bataillons qu'on ose nous vanter !
» Les paysans armés, champions volontaires,
» Défendant leur famille et le champ de leurs pères,
» Et le foyer sacré que protégeait leur loi [35],
» Quand ils bandent les arcs, savent du moins pourquoi.
» Mais que sont ces vassaux, du peuple humbles ôtages,
» Et leurs chefs soudoyers, aventuriers à gages, [36]
» Qui, chaussant par métier l'éperon des combats,
» Pour de l'or et des fiefs partout vendent leurs bras :
» Troupe aveugle où le serf comme le mercenaire
» Est le stupide appui d'une cause étrangère
» Ou qu'il ignore ? Nous, peuples et chefs à-la-fois,
» Pour nos propres griefs nous combattrons en rois.

* *V*. la note 3.

» Eh bien ! nous renverrons ces armes embrasées ;
» Sous nos rochers croulans ces bandes écrasées
» En vain auront recours à leurs chevaux guerriers,
» Dans leur fuite surpris, des flammes prisonniers !

MAITRE CARI, MÉNÉTRIER DE SWIZ.

— » Que peuvent nos brandons? La moindre forteresse
» A des tours, un fossé. Par la force ou l'adresse
» Il faut y pénétrer ; puis, assurant nos coups,
» Prendre vifs les baillis.

RUDI.

— » Partons! qu'attendons-nous?
» Point de merci ! Qu'Altorf pousse le cri d'alarmes :
» Qu'Altorf *, pour commencer, succombe sous nos armes !
» Suivez-nous. Nos aïeux, avec l'arc et les traits,
» Des monstres les premiers ont purgé ces forêts,
» Et les premiers, vêtus de pelisses sanglantes,
» Dans ces champs en vainqueurs jadis dressé leurs tentes.

CHRISTI.

— » Nos pères les premiers ont du pays des bois
» Défriché le vieux sol ; Rossberg reçut nos lois **,
» Et s'il brave la flamme avec ses murs antiques,
» Que ses maîtres nouveaux succombent sous nos piques !

HANS.

— » D'Alpe en Alpe déjà nous chassions nos troupeaux
» Des rives du grand lac jusques aux noirs coteaux, (37

* *V.* les notes 20 et 39.
** *V.* la note 39.

» Et jusqu'au pays blanc, père de ces montagnes,
» Quand vos aïeux proscrits vinrent dans nos campagnes.
» A nous seuls appartient l'honneur des premiers coups :
» Marchons contre Sarnen ! * »

Enflammés de courroux,
Ils allaient....... De Werner l'imposante entremise
Arrête ce discord funeste à l'entreprise.
« Gardez pour l'ennemi, dit-il, cette fureur.
» Partout est le péril et partout est l'honneur. »

L'Espion.

Mais, comme il les calmait, voilà qu'un objet sombre,
Un homme, un inconnu s'est glissé comme une ombre.
Un masque, un noir manteau leur dérobent ses traits
Et sa taille, et bientôt l'épaisseur des forêts
A protégé sa fuite. Un signe l'a trahi :
Son panache étranger dénonce un ennemi.
Car aux brises livrant sa ronde chevelure,
Le simple montagnard d'une vaine parure,
Comme l'Autrichien, ne chargeait point son front. (38

« Quand pour nous chaque jour porte un nouvel affront,
» Quand aux fers étrangers l'Helvétie est captive,
» Des baillis, dit Werner, la méfiance active
» Nous tend des espions les piéges assassins.
» Du mystère, comme eux, entourant nos desseins,

* *V.* la note 39.

» Par un succès soudain déjouons l'artifice.
» Le jour de Saint-Martin offre un moment propice ;
» Qu'Aerni, suivi des siens, à cette heure, demain,
» S'embusque au bois d'Erlen. Un bâton à la main,
» Qu'à Sarnen ceux de Swiz, munis d'un fer de lance, (39
» Ensuite, au chant du coq, portent la redevance.
» Qu'au signal, sur nos pas, Waelti cerne les tours.
» Jusque-là des renforts accueillons les secours.
» Qui pourrait récuser une cause si belle ?
» Nous jurons tous de vaincre ou de mourir pour elle ! »
— » Amen ! répond chaque homme, en élevant les mains ;
» Que Dieu nous soit en aide, et la Vierge et les saints !
» A jamais soit bénie une cause si belle !
» Nous jurons tous de vaincre ou de mourir pour elle ! »

Le Serment.

Trois fois de leurs sermens le Titlis retentit, (40
Le rivage trois fois lentement les redit ;
Ravis par l'aquilon, sur son aile rapide
Ils montent vers le ciel, rasent la plaine humide,
Volent de lac en lac, et d'écueil en écueil,
Sous le chaume en secret vont consoler le deuil ;
Dans un vaste cercueil ces cris se font entendre,
D'Helvète le géant y raniment la cendre.
Il touche à ses côtés, il serre dans sa main
Son glaive que jadis teignit le sang romain. (41-42
Il bondit, il se dresse : à cette foi jurée,
A ces pâtres héros, à leur cause sacrée,

Le fantôme applaudit d'un œil étincelant,
Et dans l'ombre s'unit d'un invisible élan.
Mais la cime des monts blanchit dans la lumière;
L'aube de l'orient entr'ouvrant la barrière,
Et des nuits dans les cieux éclipsant les flambeaux,
Les conjurés épars ont rejoint leurs troupeaux,
Et bravant le danger, le front calme, en silence,
Reprennent leurs travaux et couvent leur vengeance.
Depuis, quand de Paris le peuple épouvanté
Vit ce jour où, des mœurs brisant l'autorité *,
Le meurtre préludait à l'affreuse anarchie;
Quand une foule aveugle et des lois affranchie,
Malheureuse, égarée et coupable à la fois,
Se ruait en rugissant au palais de ses rois :
Au Carrousel, rempli d'un tumulte rebelle,
D'autres enfans d'Helvète un bataillon fidèle,
Egide de Louis au milieu des revers,
Au fer de ces mutins qu'ont armés des pervers,
Au feu de leurs canons, parricide mitraille,
Opposant de ses rangs la vivante muraille,
Calme, silencieux, sur les degrés sanglans,
L'arme au bras, s'immolait à la foi des sermens!

* Le 10 août 1792.

III.

DEUXIÈME JOUR.

« Là, sombre et abattu, Abbadona, dans son isolement, méditait, le trouble dans l'âme, sur le passé et sur l'avenir : sur le passé qu'embellissait une paisible innocence, sur l'avenir enveloppé de tristesse et d'éternels regrets. »

KLOPSTOCK.

L'Ermitage.

Le premier né du ciel, en éclairant la terre,
Dorait de Saint-Béat la grotte solitaire ;
A genoux à l'entrée, où deux pins verdoyans
Balançaient dans les airs leurs rameaux ondoyans,
Au bourdonnement sourd des abeilles errantes,
Au murmure bruyant des sources bouillonnantes
Dont l'écume, à travers les rochers buissonneux,
Roule en mille ruisseaux ses flots tumultueux,
Où les ours viennent boire, et de ces rocs sauvages
Retombe et des deux lacs sillonne les rivages,
Pour son pays l'ermite appelait de ses vœux
La liberté, la paix et le secours des cieux.
Un voyageur errait au pied de la colline ;
Haletant, accablé, lentement il chemine,
Son œil cherche une issue à ce vallon désert.
Une croix rouge ornait son hoqueton de vair ;(43

Avec ses cheveux bruns, sur son front jeune encore
Une plume de paon au soleil se colore.(44
Le vieillard au devant de ses pas incertains
S'empresse, et de l'enclos lui montre les chemins.
« Pour apaiser ma soif, calmer ma lassitude,
» Est-il quelque ruisseau dans cette solitude,
» Dit l'étranger ? — Au pied de ces pins argentés,
» Sous ces rochers moussus par leur cintre abrités,
» Que surmonte à vos yeux la croix de l'ermitage,
» Vous trouverez, Seigneur, des fruits et du laitage,
» Et ma natte de jonc, et d'un humble cellier,
» Dans ma tasse de corne, un vin hospitalier,
» Aumônes des bergers. Suspendez le voyage :
» Et demain je vous offre une barque au rivage.
» Pour alléger vos pas aux flancs de ce coteau,
» De vos armes, Seigneur, laissez-moi le fardeau. »

L'Etranger.

Et tous deux ont atteint le solitaire asile ;
Et les rustiques mets et le sommeil tranquille
Bientôt à l'étranger ont rendu la vigueur.
Mais son œil inquiet et timide et rêveur,
Et sa lèvre, à la fois agitée et muette,
Révèlent à son hôte une peine secrète.
« Sous ces riches habits armé pour les combats,
» Sans guide, en ce désert d'où s'égaraient vos pas?
— » De Gessler cette nuit j'ai quitté le domaine.
— » Ce soldat étranger dont le bras nous enchaîne,

» Et ses baillis altiers, du peuple ardens fléaux,
» Ne craignent-ils donc point d'exciter nos complots ?
— » Le soupçon les prévient ; la mort vous environne.
— » Un trépas aussi beau n'a rien qui nous étonne.
» D'un prince ambitieux lieutenans dissolus,
» Son nom de leur pouvoir couvre en vain les abus.
» La Suisse impunément au joug qu'on lui destine
» Ne voit point de ses droits s'accomplir la ruine ;
» Déjà le jeune Ærni, châtiant leurs soldats,
» Sur eux de nos tyrans punit les attentats.
— » Gessler, impatient de tant de résistance,
» Suscitant un prétexte, apprête sa vengeance.
» Il sait des mécontens les secrètes rumeurs :
» Son orgueil s'en irrite ; et, pour sonder les cœurs,
» Des habitans d'Altorf, par un nouvel outrage,
» Pour un vain simulacre il veut forcer l'hommage,
» Et devant son chapeau, sur la place exposé,
» L'affront de se courber à tous est imposé.
— » Dieu contre ses fureurs protégera leur tête,
» Et qui sème le vent recueille la tempête.
» Des généreux desseins qu'ils auraient pu former
» Quel traître parmi nous oserait l'informer ?
» Quelle âme par la crainte à ses ordres soumise ?.....
» Jeune homme, c'est en vain que ton front se déguise.
» Cette croix, ce panache et ce vair fastueux,
» Insignes trop certains d'un servage odieux,
» Ton œil baissé, tes traits, ton accent, ton langage,
» La subite rougeur qui couvre ton visage
» (Car dans ton cœur, du moins, du sang de tes aïeux
» L'honneur soulève encor les restes généreux) :

» Tout décèle un transfuge, enfant de l'Helvétie,
» Dont le bras égaré menace sa patrie.
» Ah! quel aveugle espoir t'invite à la trahir,
» Et de tes jeunes ans bannit le souvenir?
» Est-il chez l'étranger de plus gras pâturages,
» De plus nombreux troupeaux et de plus frais ombrages?
» Ses cascades, ses lacs, la neige de ses monts,
» Plaisent-ils plus à l'œil? L'écho de ses vallons
» A-t-il des chants plus doux? L'étranger, plus agile,
» Mieux que nous du chamois sait-il forcer l'asile?
» Est-il meilleur, plus fort, plus libre, plus heureux?
» Du vice fuis plutôt l'abord contagieux,
» Ou, comme l'églantier qu'abritaient nos montagnes,
» Loin du tertre natal en d'ingrates campagnes,
» Sous la mousse stérile et des dards acérés,
» Voit languir ses rameaux, frêles, dégénérés,
» Crains de la trahison que le honteux salaire,
» Flétrissant des vertus le germe héréditaire,
» Ne répande en ton sein un poison corrupteur,
» Et n'étouffe à jamais ces semences d'honneur!..... »
Puis d'un œil pénétrant, d'une voix moins sévère
(Le vieillard soupçonnant quelque tendre mystère):
« Qui t'a perdu? dit-il. — L'avoûrai-je? à l'amour
» Un aveugle destin m'immola sans retour.
» Oui, je craignis, jouet d'une inquiète ivresse,
» Qu'Elgive de mépris ne payât ma tendresse:
» Fière, aux exploits souvent ses yeux ont applaudi.
» Peut-être plus d'éclat m'eût près d'elle enhardi.
» Quel que soit son orgueil, on prétend qu'une belle
» Aux vœux d'un cœur vaillant n'est pas toujours rebelle.

» A nos dominateurs empruntant le pouvoir,
» De flatter cet orgueil j'avais conçu l'espoir :
» Ils aggravent mon sort, et Bérenger pour elle,
» Jeune et fougueux, brûlait d'une ardeur criminelle ;
» Ses gardes, cette nuit, l'ont, mourante d'effroi,
» Conduite dans Sarnem, qu'il fléchit sous sa loi :
» Tels sont du moins les bruits semés sur cet outrage.
» Je venais pour Gessler d'accomplir un message.
» L'Esprit malin, trompeur et noir comme la nuit,
» A soufflé sur mon maître et partout le poursuit.
» Avec un ris moqueur tantôt est sur sa bouche
» Le blasphème, et l'insulte en son œil faux et louche ;
» Il ose des chrétiens méconnaître la loi,
» Et braver le Seigneur et renier sa foi,
» Et murmure : Au devoir est bien fou qui s'immole :
» La vertu n'est qu'un mot, l'honneur qu'un bien frivole,
» Lisières de l'enfant dont l'homme s'affranchit,
» Par où règne le fort, qui s'en joue et s'en rit !
» Du pouvoir, non du droit, faire sa loi suprême,
» Par la force et la ruse oser tout pour soi-même,
» Prodiguer le mépris à tous et n'aimer rien :
» Tel est, pour son orgueil, le secret du vrai bien.
» Tantôt dans les terreurs où son âme se plonge,
» Il se trouble en secret d'un présage ou d'un songe,
» Et voulant des destins interroger le cours,
» Des devins, par ma voix, implore le secours.

Le Devin.

» Non loin de Lauterbrunn, où des ondes connues, (45
» Double fleuve sans lit dont la source est aux nues,
» Crinière échevelée errante au front des cieux,
» Tombent, en secouant sur les rocs sourcilleux
» De leurs flocons d'argent la liquide poussière
» Que teint de l'arc-en-ciel la changeante lumière,
» Sur l'abîme penchée est une antique tour,
» Retraite solitaire où veille nuit et jour.....
— » Un de ces inconnus dont la trace profonde
» Atteste le passage en ce désert du monde :
» Car par des jours obscurs le génie éclipsé
» Souvent n'est aperçu qu'après qu'il a passé.....
— » Un devin. En ce lieu le pélerin frissonne,
» Se signe, et de l'église invoque la patronne :
» Car par un seul vivant ces vieux murs habités,
» De spectres, de démons, dit-on, sont fréquentés;
» A minuit, lorsque l'ombre a redoublé ses voiles,
» De ce donjon, Luthold épiant les étoiles, (46
» Immobile, attentif, de l'œil fixe les lieux
» Que leur constant retour a marqués dans les cieux;
» Et le pâtre, au milieu des nuages rapides,
» Voit alors, précédé de ses meutes avides,
» Glisser sur ces débris le nocturne chasseur,
» Et s'éloigne tremblant et pâle de terreur.
» C'est là qu'un art suprême ou sa rare prudence
» Des destins à Luthold dévoilent la science.

» On dit que d'une fée enfant mystérieux,
» Il apprit de sa mère à lire dans les cieux :
» Tantôt, lorsque la nuit d'étincelles magiques
» Voit briller de nos lacs les vagues fantastiques,
» Aux regards du pêcheur, le front ceint de roseaux,
» Elle apparaît au loin et gouverne les flots;
» Près d'elle, s'apaisant, l'onde écumeuse et noire
» Embrasse mollement ses épaules d'ivoire,
» Presse de volupté tous ses charmes naissans,
» Et porte avec orgueil la reine des torrens ;
» Tantôt, son vol perçant leurs masses diaphanes,
» Dans l'arc-en-ciel des nuits se révèle aux profanes.
» Ses sublimes concerts, au choc des élémens,
» Des échos, de la foudre et des flots et des vents,
» Dans la nef suspendue à la vague en furie,
» Font entendre au nocher leur sauvage harmonie.
» C'est elle qui du jour revêtant les couleurs,
» Luit dans l'œil de l'insecte et sur le sein des fleurs,
» Glisse sur les gazons quand la brise soupire,
» Ou dans les pleurs de l'aube aux mortels vient sourire.
» Errant sur les coteaux ou dans l'ombre des bois,
» De la nymphe Luthold semble écouter la voix.
» Fille du ciel, dit-il, le monde est son image,
» La Nature, son nom, l'éternité, son âge.
» Dans ces lieux redoutés, au nom du gouverneur,
» J'abordai le devin, plein de trouble et d'horreur.
» Des présens de Gessler il rejeta l'offrande,
» Et d'un léger sourire accueillit sa demande :
» Son front est jeune encor, son œil vif et serein,
» Et ses longs cheveux noirs ondoyaient sur son sein.

» Une lyre pendait dans sa cellule obscure ;
» La frange ornait les bords de son manteau de bure,
» Une écharpe de soie en retenait les nœuds :
» Mais l'œil y cherche en vain le rosaire pieux,
» Mais ni des bienheureux ni de la Vierge sainte
» Nulle image des murs ne décore l'enceinte :
» Là, des livres poudreux sous ses yeux déroulés,
» Des cercles, des compas, devant lui rassemblés,
» De plantes, d'animaux les figures magiques,
» De charmes constellés les signes prophétiques,
» Mille objets inconnus, sur ses tables épars,
» Redoublaient ma terreur, étonnaient mes regards ;
» Là, sur le parchemin sa science profonde
» Fixa le cours des cieux et les bornes du monde ;
» Là, les os d'un mortel, avec art réunis,
» Forment au moindre souffle un affreux cliquetis ;
» Et d'oracles sacrés, qu'un antique langage
» Devant l'œil du profane a voilés d'un nuage,
» On dit que soulevant la sainte obscurité,
» Son audace a ravi le sens interprété.

La Prédiction.

» Gessler veut de ses jours en vain fixer la chaîne,
» Me dit-il : son étoile à sa perte l'entraîne ;
» Elle est sous le pouvoir qui pèse dans ses mains,
» Mêle et répand les lots des aveugles humains.
» Le temps vient où, brisant ses dernières idoles,
» L'homme triomphera de prestiges frivoles.

» Vainement l'imposture et l'orgueil à nos yeux
» Couvraient la vérité d'un voile insidieux.
» Le bandeau qui du peuple a pressé la paupière
» Tombe enfin, et du Christ triomphe la lumière ;
» L'ardente vérité, comme l'astre du jour,
» Éclaira de ses feux chaque race à son tour ;
» Et s'avançant vers nous des portes de l'aurore,
» Sur l'ombre qui nous couvre elle est bien près d'éclore:
» Naissante, elle a régné de l'Euphrate à l'Indus,
» De Ninive à Memphis, du Nil à l'Ilissus.
» Des siècles de l'erreur perçant la nuit obscure,
» Dans son cours orageux sa lumière s'épure.
» En butte à mille écarts, esclaves ou tyrans,
» Opprimés ou trahis, dans leurs débats sanglans,
» Les peuples s'égaraient. Mais l'homme enfin respire,
» Sous ses pas affranchis l'entrave se déchire :
» S'il cherche encor sa route, en sa marche anuité,
» Il voit du moins le ciel et sent sa dignité.
» Et Luthold déroulant la sombre destinée,
» Comme au souffle de l'Est une brume entraînée
» Des profondeurs du ciel découvre au loin l'azur,
» Il portait mes regards loin dans l'âge futur.
» Enfin, lui révélant les secrets de mon âme,
» De mon triste avenir je consultai la trame.
» Comme un tendre bouton, prémices du printemps,
» Dit-il, faible jouet des caprices du temps,
» Dès que l'homme ouvre au jour sa débile paupière,
» Un bizarre destin, en marquant sa carrière,
» Lui fait trois dons : l'amour, l'espérance et le deuil ;
» Tous trois en soupirant l'attendent sur le seuil.

» Le globe de la nuit, élancé dans l'espace,
» A ces déserts du vide offre une double face.
» L'une conserve encor les traces du chaos,
» L'autre mûrit les fruits d'un sein fertile éclos.
» Le malheur, le trépas et mille sorts funèbres,
» Règnent sur la première, au milieu des ténèbres;
» L'autre, avec la lumière et la vie et l'amour,
» D'un bonheur toujours pur a fixé le séjour.
» Tel roule dans les cieux cette terre olympique *.
» Mais la nôtre est changeante ; et, dans sa marche oblique,
» Son front penché reçoit et montre tour-à-tour
» Le bien suivi du mal et l'ombre après le jour,
» Et comme les saisons dispense nos années :
» Ainsi l'urne de Dieu mêla nos destinées.
» De rêves séducteurs enivrant ton sommeil,
» L'espoir te berce encor..... Redoute le réveil !.....
» Hélas ! jeune insensé, tu crois suivre la gloire,
» Quand, frémissant d'ardeur au cri de la victoire,
» Au son de la trompette, au choc des bataillons,
» Tu cours de vains lauriers disputer les moissons!
» Tu dis : Du sort des rois le soldat est l'arbitre !
» Ton cœur des chevaliers veut mériter le titre!
» Pour l'amour d'une femme, enivré d'un regard,
» Vole donc des tyrans illustrer l'étendard !
» Que cet amour te livre à l'abîme du monde,
» Mer funeste, perfide, en naufrages féconde,
» Dont le jeune âge ignore ou brave le danger :
» Traître! tu périras par le glaive étranger !.....

* *Terre olympique*. Les anciens donnèrent ce nom à la lune. *V*. PLUTARQUE.

» Malheur à moi ! Déjà le sort inévitable,
» Ajoute le transfuge, a puni le coupable.
» Hélas ! combien de fois, détestant mon erreur,
» Le remords déchirant est entré dans mon cœur ! »
Il se lève. Un combat se livrait dans son âme ;
Son œil brille soudain d'une plus vive flamme :
Il médite, il ourdit quelque secret dessein ;
Et, plein d'un feu nouveau qu'il renferme en son sein,
S'éloigne en s'écriant : « Priez pour moi, mon père !
— » Dieu te rende la paix, répond l'ermite ; espère ! »
Et debout, appuyé sur son bâton noueux,
Priant pour le coupable, il le suivait des yeux.

IV.

DEUXIÈME NUIT.

« Liberté! douce liberté! c'est toi qui répands le bonheur sur cette terre chérie ! Tout ce que nous voyons autour de nous nous appartient. Satisfaits, nous cultivons nos propres champs. La récolte que nous y faisons est à nous, et nos moissons sont des jours de fêtes. »

GESSNER.

L'Inconnu.

Des ailes de la nuit déjà l'ombre s'avance.
Voyez au bois d'Erlen se glisser en silence
Ces guerriers : ils sont vingt. Au revers des coteaux
Des pins les ont cachés sous leurs sombres rameaux.
De l'heure du danger ils dévorent l'attente.
Un inconnu masqué devant eux se présente ;
Mais l'un d'eux (c'est Conrad), s'écrie avec courroux :
« Quel astre, malheureux, vient t'offrir à nos coups?...
— » Ton étoile!..... Suis-moi vers la tour solitaire
» D'où tu vois s'échapper cette faible lumière ;
» Ose braver la mort, et, dans ces murs surpris,
» Cette nuit du courage acquittera le prix.

— » Marchons ; mais si par toi notre cause est trahie,
» Songe qu'un prompt trépas suivra ta perfidie. »
Du côté du Midi, le lac, par ses contours,
Du château de Sarnen environne les tours ;
A l'Est, où l'horizon des Alpes suit la chaîne,
Le glacis lentement s'abaisse vers la plaine,
Un donjon dans les airs s'élance vers le Nord,
Des rochers à l'Ouest en défendent l'abord.

La Captive.

Par Bérenger ravie et dans ses murs captive,
Là, redoutant son sort, seule gémit Elgive.
Déjà des attentats qui blessent sa pudeur,
Sa fierté menaçante a repoussé l'ardeur.
Mais le bailli s'éloigne, et les voûtes muettes
Ne retentissaient plus des pas de ses vedettes.
Passant de main en main, dans les flacons dorés,
Du nectar de Tokai coulent les flots ambrés.
Avec ses commensaux, du démon de l'orgie
Le châtelain long-temps savoure la folie
Et l'imprudent oubli, compagnon des festins.
Par degrés le bruit meurt, les flambeaux sont éteints ;
Et quand la lune vint répandre sa lumière,
Un sommeil accablant pesait sur leur paupière.
Le calme enfin régnait. De l'étoile du soir
Les pâles feux mouraient sur les murs du manoir,

Quand, montant vers la tour, une faible harmonie
D'Elgive vint charmer la triste rêverie :
C'est la flûte lointaine appelant les troupeaux.
La lune à la captive, au-dessous des créneaux,
Laisse voir, par les soins d'une troupe empressée,
Sur les murs du donjon une échelle dressée,
Fléchissant sous le poids de vingt libérateurs.
Hélas! de la prison les douteuses hauteurs
Ont trompé le courage et retiennent leur proie.
Mais, blanchissant dans l'ombre, un manteau se déploie,
Des mains de la captive au rempart suspendu.
A ses plis onduleux s'attachant éperdu,
De l'échelle aux crěneaux Conrad franchit l'espace.
Bientôt ses compagnons, imitant son audace,
Les conjurés, sans bruit, rassemblés dans la tour,
Attendent le signal que doit donner le jour.
  Elgive a vu l'ami que le ciel lui renvoie,
Et de l'heureux Conrad bien grande fut la joie,
Mais de trouble mêlée, exprimée à demi,
De peur de réveiller le geolier endormi.

Le Chasseur.

Tout sommeillait encor. C'est l'heure du silence,
Où, sur sa couche, l'homme et qui veille et qui pense,
Face à face en secret contemple son destin ;
Cette heure de la nuit, ou plutôt du matin,

Où des chaînes des sens le réveil nous délie
Et rappelle à nos pleurs le songe de la vie,
Où l'esprit dégagé perce dans l'avenir
Et voit avec l'erreur l'espérance s'enfuir.
Mais, tandis que la nuit dans les vallons repose,
Des blancs glaciers le jour tombe en gerbes de rose :
Aux hameaux, sur les lacs, sur les monts, dans les bois,
Dans les airs, on entend murmurer quelques voix.
Enfin d'un vif éclat l'horizon se couronne,
Dans les murs de Sarnen un bruit confus résonne,
Et déjà l'alouette, en sillonnant les airs,
Saluait le matin par ses joyeux concerts.
Du cor, à longs éclats, la voix retentissante
Éveille le vieillard qui dormit sous la tente,
Et jadis vit des camps la gloire et les plaisirs.
Il rêve, à ce signal, ses jeunes souvenirs,
Et soupire tout bas au fond de sa chaumière.
Le faon de la forêt, tapi dans la bruyère,
A travers le feuillage écoute en frémissant,
Et l'agile limier s'éveille en bondissant.
Du château sont sortis de légers équipages,
Des meutes, des piqueurs ; sur leurs coursiers les pages
Au galop ont déjà franchi les ponts-levis,
Et leur troupe loin d'elle a laissé les glacis.
Sur un cheval hongrois un chasseur les devance ;
D'une grandeur récente il montre l'arrogance ;
Un cor est à son bras, un faucon sur son poing,
Aux croix couleur de sang qui parent son pourpoint,
A sa chaîne dorée, à l'or de sa ceinture,
Au luxe efféminé dont brille sa parure,

Aux chiffres amoureux brodés sur ses habits,
A son riche manteau de vair et de tabis,
A sa plume de paon, à sa toque d'hermine,
On reconnaît leur maître. Avec sa javeline,
Un écuyer de près suivait le châtelain.

Le Ménétrier.

Assis au coin du bois, se trouve en leur chemin
Un chanteur ambulant dont l'étrange délire
Décélait à demi, sous un amer sourire,
Quelque penser profond. Son léger baudrier
Soutient une viole en bois de citronnier.
Aux plis de sa ceinture une dague est cachée.
Une plume de coq avec grâce penchée
S'échappe du bonnet dont son front est couvert.
Un galon de velours borde son surtout vert.
Des cordes qu'il touchait les notes argentées
Résonnaient sous l'archet par sa voix répétées :
« D'où viens-tu? quel es-tu? » lui dit le chevalier.
— « Je suis de la Souabe un gai ménétrier.
— » Lève-toi; sois mon fou. Je veux par ton ramage
» Apprivoiser l'oiseau que nous tenons en cage,
» Et payer avec l'or ton servage et ta voix.
— » Seigneur, la bête rousse a bramé dans ce bois.
» J'ai reconnu son gîte et puis vous y conduire.
» Confiez-vous aux soins que mon zèle m'inspire.

» De la forêt d'Erlen je connais les détours;
» Et du cerf le plus fin sais déjouer les tours.
— » Eh bien, sers de limier et marche à notre tête,
» Et l'on courra sur toi, si nous manquons la bête! »

La Forêt.

Ce guide les engage en un étroit sentier;
Il siffle: Bérenger arrête son coursier.
Un objet imprévu l'inquiète et l'étonne:
De Suisses tout-à-coup un parti l'environne.
Au loin vers ses créneaux il reporte un regard
Et voit des insurgés serpenter l'étendard,
Pourpre, à pointe fourchue, à la croix argentée,
Et l'aigle au double front des murs précipitée.
Aux clameurs de son cor, tardif et vain recours,
La trompe des bergers répond du haut des tours,
Nul espoir de salut, nulle voie à la fuite!
A son cortége seul sa puissance est réduite.
« Rends-toi, s'écrie Arnold!... » La rage dans le cœur,
L'étranger voit brandir la hache du vainqueur;
Il se plaint et menace: il commande, il supplie
Qu'on respecte l'honneur de la chevalerie.
« J'honore, même en toi, le nom de chevalier:
» Oui, même à tes sermens je daigne me fier. »
Alors baissant sa hache, et, d'un élan rapide,
Arnold le terrassant, s'empare de la bride:

« Les droits les plus sacrés par ton ordre envahis,
» Nos libertés, dit-il, en butte à tes mépris,
» La lumière du jour à mon père ravie,
» M'ont crié : venge-toi !.... Je te laisse la vie.
» La liberté !... Tyran, j'ose te la donner,
» Pars, et de ta victime apprends à pardonner.
» Vois cet aigle qui tourne et renonce à sa proie :
» Il vole à la frontière, et le ciel te l'envoie;
» Suis-le : mais sur ton gant, pour les tiens et pour toi,
» De nous fuir à jamais engage-nous ta foi. »
Le front nu, la main haute et les genoux en terre,
L'étranger s'est soumis. Il gagne la frontière,
Tandis que de Sarnen au loin guettant le fort,
Arnold aux assaillans amène son renfort.

Le Château.

Là, des ponts abaissés franchissant les passages,
Werner offrait les fruits, le gibier, les fromages,
Redevance qu'impose aux rustiques labeurs
L'étranger que du peuple engraissent les sueurs.
Bientôt Walter le suit, et leur troupe fidèle,
Déjà de toutes parts presse la citadelle.
Car un fer acéré que recélait leur sein,
Vient d'armer le bâton brandissant dans leur main.
Jusqu'au dernier rempart leur bataillon s'avance,
Sur la garde surprise avec ordre il s'élance.

Des portes du donjon, répondant à leurs cris,
Conrad sur les degrés fait rouler les débris.
Son bras a le premier, brisant cette barrière,
Des archers repoussé la garde mercenaire ;
Son épée à deux mains dans leurs rangs s'est fait jour.
Un arc le menaçait ; mais par un prompt détour,
Il a trompé l'essor de la flèche homicide ;
Elle effleure son front, vole, et de sang avide,
Des jours de l'inconnu va terminer le cours.

Le Transfuge.

Son masque tombe, un cri s'échappe. A son secours
Aussitôt vole Elgive, et sous sa chevelure,
Qu'en tremblant elle écarte, étanche sa blessure.
Il a vu qu'un soupir a soulevé son sein,
Et d'une douce étreinte elle a pressé sa main.
Sur le front du mourant une larme timide
Tombe soudain. Son œil luit d'un éclair rapide :
« De quels respects, dit-il, j'eusse entouré vos pas !
» Pour vous quels bataillons eût renversés mon bras !
» Des destins ennemis, Elgive, ma constance,
» En défiant l'arrêt, d'une noble assurance,
» Me guiderait encor par l'honneur enflammé,
» Si j'avais dans vos yeux lu : Vous êtes aimé ! »
Il exhalait ces mots d'une haleine plaintive,
Et fermant la paupière et sur la main d'Elgive

Posant son front glacé, la mouillant de ses pleurs,
Expire en murmurant : « C'est par vous que je meurs ! »
Mais le combat s'achève. Au sein de la mêlée,
On vit, les bras tendus, la tête échevelée,
Sur les rangs ennemis un fantôme géant,
Lancer comme un éclair son glaive flamboyant.
On dit même qu'alors autour du pic des anges, (4)
Tout sillonné de feux, de célestes phalanges
En un profond nuage avaient pris leur essor,
Et semblaient en planant unir leurs aîles d'or.

Conclusion.

Comme d'un jour naissant la blancheur purpurine
Jaillit, vole et s'étend de colline en colline,
Le jour de délivrance a lui de toute part.
La Suisse a relevé son antique étendard.
Ce jour, c'est l'incendie accru par ses conquêtes,
Flottant sur les forêts et couronnant leurs faîtes.
Mille feux allumés sur les sommets des monts,
L'alp-horn et le tocsin et l'écho des vallons *
Le signalent. Le bruit qu'on nomme renommée,
Devançant la victoire, au loin l'a proclamée ;
Dit partout que Sarnen, que Rosberg est tombé,
Que par la main de Tell Gessler a succombé,

* *V.* la note 5.

Qu'Altorf a des cantons arboré la bannière,
Que l'étranger s'en va, qu'il passe la frontière;
Dit les filles des bourgs au-devant des vainqueurs,
Agitant des rameaux, semant le sol de fleurs;
A l'église à grands flots de ce jour de victoire,
Par un vœu solennel, consacrant la mémoire,
Conjurés, magistrats et peuple confondus;
Et les drapeaux conquis aux voûtes suspendus;
Et sous l'abri des lois, cette égide sacrée,
Du faisceau des cantons la ligue resserrée;
Et d'un accent flatteur promettant des bienfaits,(48
Des héraults étrangers leur demandant la paix.
Comme on voit, secouant son aîle après l'orage,
Et reprenant son vol sous l'humide feuillage,
L'oiseau d'accens plus doux égayer ses chansons,
Et la fleur plus suave embaumer les gazons;
Après ce choc bruyant, dans leurs Alpes tranquilles,
Les montagnards plus gais, leurs belles plus dociles,
Du dimanche au village avaient repris les jeux,
Et de Conrad l'hymen a couronné les feux.
Dans ces mêmes hameaux, selon l'antique usage,
Aux morts du cimetière on consacre un ombrage:
Des arbrisseaux, des fleurs y parent les tombeaux.
Un seul était resté sans fleurs, sans arbrisseaux.
Mais une femme blonde, à l'œil doux, au cœur tendre,
Au tertre où du transfuge on a caché la cendre,
Quelquefois en passant, d'une tremblante main,
Effeuille le bouquet qui parfume son sein.
A dérober ses pas elle semble attentive.
Quelle est-elle? Pourquoi cette larme furtive?

Et quel mystère enfin l'égare dans ce lieu?....
Qui le sait!....un secret entre son cœur et Dieu.

Epilogue.

Ainsi l'écho des temps faisait vibrer ma lyre,
Et de ces visions qu'évoquait mon délire,
Au rythme j'enchaînais les fantômes épars.
Mais l'aurore déjà fait luire à mes regards
Les hameaux affranchis, les moissons ondoyantes,
Les troupeaux bondissans sur les roches pendantes,
Un peuple souverain soumis au frein des lois,
Et libre et simple et pauvre et l'allié des rois;
Dont un reste de mœurs du pieux moyen-âge,
A ce siècle incrédule offre la vive image.
Puissent l'antique foi, la valeur, l'équité,
Lui garantir l'honneur, la paix, la liberté,
La liberté qu'en vain le crime sollicite,
La liberté qui meurt dès qu'elle est illicite,
Qui toujours s'éloignant des peuples corrompus,
Ne respire qu'au sein des mœurs et des vertus!
Monumens d'un autre âge, Alpes, débris sublimes!
Que sont ces vains débats aperçus de vos cimes,
Par l'homme recueilli sur les glaciers déserts,
Comme un pêcheur assis qui contemple les mers?
Dans ce pélerinage ou nul sentier ne guide,
Le voyageur errant monte d'un pas timide,
Et loin du but encor, du haut de vos remparts,
Sur l'immense horizon abaissant ses regards,

Y cherche les humains. Son œil distingue à peine
Un étroit ruban noir serpentant dans la plaine :
C'est une armée. Au loin, comme au hasard jetés,
Quelques amas confus paraissent des cités.
Il monte, et les humains, comme un peuple d'atômes,
Rampent inaperçus. La chûte des royaumes,
Les révolutions, leurs causes, leurs effets,
Des rois, des nations les exploits, les forfaits,
Qu'est-ce à ses yeux? Hélas! c'est au souffle d'automne
Le feuillage des bois qui dans l'air tourbillonne,
Par un autre feuillage au printems remplacé,
Un orage à ses pieds par un autre chassé ;
Sous les pas du chamois c'est la pierre qui roule,
Sous le poids d'un oiseau l'avalanche qui croule :
Leur bruit l'effleure à peine, et puis s'évanouit,
Comme un insecte ailé qui bourdonne et qui fuit.
Il cherche du destin l'étoile nébuleuse,
Et monte environné d'une brume douteuse.
Il monte, et près du ciel, sur vos sommets glacés,
N'entend que de son cœur les battemens pressés,
Et ne voit que ce ciel, inaccessible voûte,
Et les feux inconnus dont s'éclairait sa route.
Loin, bien loin sous ses pieds, le monde enseveli,
Surnage entre deux mers : le néant et l'oubli !

FIN.

NOTES.

1) Grutli ou Rutli (*novale*), prairie entourée de forêts sur l'emplacement qu'avaient occupé des bois exploités ou défrichés.

2) Colonnes du Soleil (*Sonnen-Saülen*, *furca*), les cîmes du Gothard, du mont d'Odin, où les Taurisques adoraient leur dieu.

3) La mer de glace est au-dessus des glaciers (*gletschers*) du Grindelwald. Elle est entrecoupée d'îles à pâturages.

4) *Ranz* signifie ordre, file.

5) L'*alp-horn* (cor des Alpes) est une trompe d'environ six pieds de long, formée d'une écorce mince roulée en spirale, avec une embouchure arrondie et un pavillon peu évasé.

6) *Iungfrau* (la Vierge), montagne au midi du canton de Berne, dont la cîme, couverte de neiges éternelles, fut long-temps réputée inaccessible. La forme de cette masse culminante, l'un des principaux nœuds de la chaîne des Alpes, est à-peu-près celle d'une pyramide quadrangulaire.

7) Tradition orale conservée à Swiz et dans la vallée d'Assli ; d'anciennes chansons populaires rappellent aussi cet événement.

8) Septentrion, dans la tradition : *gegen mitternacht*, côté de la nuit (Προς ζοφον. Hom.)

9) *Swithiod*, nom antique de la Suède.

10) *Theghnar*, celui qui porte le glaive, signe de l'autorité.

11) Une chronique dit qu'Asio a donné son nom à la vallée d'Assli. *Switer* a de l'analogie avec *Swithiod. Swen*, dans la langue teutonique, signifie jeune homme.

12) Elgive (*Elf-give*), donnée par les fées.

13) Conrad (*Kuhn-rad*), brave à la guerre et habile au conseil.

14) Ces couplets, adaptés à l'air du *ranz* noté par J.-J. Rousseau, sont imités en partie des paroles de plusieurs *ranz* divers ou chants des Alpes.

15) Saint-Béat, grottes remplies de stalactites, sur une colline escarpée, à l'extrémité sud-est du lac de Thoune, et au nord-ouest de celui de Brienz, presque en face des ruines du château de Wisenau, à la jonction des deux lacs par l'Ar qui les traverse.

16) *Lawine*, nom par lequel on désigne en Suisse l'avalanche.

17) Avant les batailles de Granson et de Morat, en 1476, où les riches dépouilles des Bourguignons demeurèrent au pouvoir des vainqueurs, l'or et l'argent monnoyés, ainsi

que les bijoux, étaient en Suisse d'une grande rareté, et l'or surtout presque inconnu des montagnards.

[18]) Cette guerre eut lieu en 1285.

[19]) Pic des orages, le *Wetter-Horn*.

[20]) Armand Gessler de Bruneck, gouverneur (*land-vogt*) à Altorf, canton d'Uri.

[21]) Werner de Stauffacher. Il descendait d'anciens magistrats.

[22]) Le Myten (*Myten-Stein*), masse de rochers qui s'élève au bord du lac des quatre cantons, au point où se réunissent les limites des trois cantons d'Uri, d'Underwald et de Swiz.

[23]) Walter Furst.

[24]) On croit que le peuple d'Uri descend des Rhétiens, Étrusques ou Taurisques.

[25]) Melch-Thal. On donnait ce nom à Arnold, du lieu qu'il habitait.

[26]) Quoique la vallée d'Assli ne fît point partie des trois cantons insurgés, ses habitans prirent part à la conjuration avec ceux d'Underwald.

[27]) La tradition rapporte qu'un Winkelried tua, en 1250, près d'Oedweiler, dans l'Underwald, un monstre qui dévorait les hommes et les bestiaux. Un autre Winkelried se sacrifia pour sa patrie à la bataille de Sempach en 1386.

[28]) Advoyer, Vogt.

[29]) *Amman* ou *land-ammann*, en roman *mastral du Cu-*

moen. Ce magistrat présidait les assemblées du peuple, debout, appuyé sur son sabre.

30) Notre antique loi, pacte fédéral de l'an 1291, entre les trois cantons : la chartre en existe encore.

31) Il répugnait aux Suisses d'obéir à des baillis qui étaient eux-mêmes vassaux de l'Autriche. D'après leurs anciennes lois, la première condition d'éligibilité à la magistrature consistait à n'être vassal d'aucun seigneur séculier ou ecclésiastique.

32) Les baillis autrichiens emprisonnaient les Suisses dans des tours pour les moindres fautes. Ils levèrent aussi des impôts et établirent des droits de péage et de douane, sources de nouvelles vexations.

33) Les premiers colons du sud de l'Helvétie furent des Gaulois ou Walons.

34) Ces ponts de chaînes suspendus dans les montagnes, sur des précipices, avaient été construits par les Lombards.

35) Le foyer (*feuer-hard*) était un lieu vénéré. Une loi de Berne y réservait la première place à l'aïeule de la famille.

36) Il existait déjà, dès la fin du onzième siècle, des gens d'armes à gages ou *soudoyers*, tels que les guerriers mercenaires connus depuis en Italie sous le nom de *condottieri*, et les lansquenets.

37) Le grand lac, dans les chroniques, est le lac de Lucerne ou des quatre cantons.

38) Les montagnards avaient toujours la tête découverte ; les magistrats seuls portaient un bonnet.

39) Le château de Sarnen, appartenant au roi, était la demeure du gouverneur de l'Underwald, Bérenger de Landenberg, page, parent de Gessler. Cadets de leur famille, ils ne possédaient point de domaines et profitaient de leurs charges en Suisse pour en acquérir. Leur orgueil et leur cupidité contribuèrent à y faire haïr la domination étrangère. Rosberg était habité par le bailli (*burgt-vogt*), *Wolfenschiess*. *

40) Le Titlis, montagne au sud-ouest du lac des quatre cantons.

41) Les Helvétiens vainquirent L. Cassius, près du Léman, l'an 646 de la fondation de Rome.

42) Les guerriers helvétiens étaient enterrés avec leurs armes.

43) Une croix rouge brodée sur les habits était le signe de ralliement des Autrichiens. Les Suisses adoptèrent la croix blanche de l'antique bannière de Swiz.

44) Une plume de paon était le panache distinctif des chevaliers autrichiens.

45) La cascade du Staub-Bach, dans la vallée de Lauterbrunn, tombe en deux gerbes de 900 pieds de hauteur.

46) Luthold, baron de Regensberg, selon une chronique de 1328, s'instruisait aux sciences secrètes par les leçons d'un esprit familier dont il recevait les visites nocturnes dans une tour solitaire. Il s'occupait d'astronomie. Ce fut aussi vers cette époque, et même avant, que les précurseurs de Luther et de Chauvin commencèrent à se montrer en Suisse,

en Allemagne et en Angleterre, et à y préparer les esprits à la réforme opérée depuis par ces derniers.

47) Pic-des-Anges (*Engel-Horn* , *Engel-Berg*); plusieurs montagnes ou pics des glaciers portent ce nom en Suisse.

48) Les trois cantons conclurent un pacte fédéral à perpétuité, et suspendirent dans les églises les drapeaux autrichiens. Les propositions que leur fit faire bientôt après la reine Élisabeth, veuve d'Albert, assassiné sur ces entrefaites par Jean, son neveu, ne furent point acceptées.

www.ingramcontent.com/pod-product-compliance
Ingram Content Group UK Ltd.
Pitfield, Milton Keynes, MK11 3LW, UK
UKHW020419230726
13925UKWH00004B/1529